푸른사상 시선 174

촛불 하나가 등대처럼

푸른사상 시선 174

촛불 하나가 등대처럼

인쇄 · 2023년 4월 12일 | 발행 · 2023년 4월 19일

지은이 · 윤기묵
펴낸이 · 한봉숙
펴낸곳 · 푸른사상사

주간 · 맹문재 | 편집 · 지순이, 김수란, 노현정 | 마케팅 · 한정규
등록 · 1999년 7월 8일 제2-2876호
주소 · 경기도 파주시 회동길 337-16(서패동 470-6) 푸른사상사
대표전화 · 031) 955-9111(2) | 팩시밀리 · 031) 955-9114
이메일 · prun21c@hanmail.net
홈페이지 · http://www.prun21c.com

ⓒ 윤기묵, 2023

ISBN 979-11-308-2025-5   03810
값 12,000원

푸른사상
시선

174

촛불 하나가 등대처럼

윤기묵 시집

푸른사상
PRUNSASANG

30년도 더 된 헌책을 샀다
책 제목이 '예수라는 사나이'다
책장을 넘기는데 여백마다 메모가 빼곡하다
메모를 몇 줄 읽다가
본문보다 메모가 더 눈에 밟혀 책을 샀다

책방 주인은 가격이 없는 책이라 했다
20년 넘게 자리만 차지한 책이라
먼지 값만 내면 된다고 했다
먼지 값은 손님이 알아서 내라는 의미
참 어려운 책을 샀다

열심히 메모한 사람은 어떤 사람이었을까
어디까지 믿어야 할지 모르겠다며
믿을 수 없으니까 종교가 아니냐며
푸념하듯 낙서하듯 그래도 밑줄을 그어가며
반듯하게 자기 마음을 고백한 사람

왜 그 마음을 헌책방에 팔았을까
읽고 고백했으니 이제 자기 것이 아니라는 걸까
책은 지은 사람의 것이 아니라
읽은 사람의 것이라는데
지은 사람도 읽은 사람도 그 누구 것도 아닌

30년도 더 된 헌책을 샀다
책 제목이 '예수라는 사나이'다.
책장을 넘기는데 책갈피마다 내가 있었다
밥값을 아껴 시집을 샀던 그 젊은이는
헌책 한 권으로 30년 세월을 샀다

2023년 4월
윤기묵

| 차례 |

■ 시인의 말

제1부 천국의 서비스

제2부 그 사내만 웃고 있네

제3부 역사의 쓸모

제4부 인생 재발급

제1부

천국의 서비스

이제 거의 다 왔다

지리산을 종주해본 사람은 안다
산에서 사람을 만나면 얼마나 반가운지를
말을 안 해도 서로가 어디를 향해 걷고 있는지를
어디서 쉬고 어느 산장에서 잠을 청하는지를

묻지도 않았는데 이제 거의 다 왔다고 말하는 이유를
그 말을 믿지 않으면서도 왜 그리 고마운지를
각자 제 갈 길 가는데
서로가 함께 온 일행처럼 느껴지는지를

농담 삼아 세상은 지리산을 종주해본 사람과
그렇지 않은 사람으로 나뉜다고 말하는지를
살면서 이제 거의 다 왔다는 말이 자꾸 생각나
이 막막한 코로나 시대에
얼마나 큰 위안이 되고 있는지를

하늘을 본다

더 이상 물러설 곳이 없는 사람들은
뒤를 돌아다보지 않는다
하늘을 본다
하늘의 푸르름과 눈부심을 본다
그리고 하늘과 가까워지기 위해
여기까지 왔다고 생각한다

더 이상 물러설 곳이 없는 사람들은
사실 돌아갈 곳도 없다
하늘은 그런 사람들의 마음을 안다
마지막일지도 모를 우러름을 위해
생의 여백을 눈부심으로 채운다
세상의 공백을 푸르름으로 채운다

천국의 서비스

진숙이네 밥집에는 항상 긴 줄이 선다
면 단위 식당에 웬 손님이 이리 많을까 싶은데
진숙이네 시골밥상이 저마다의 집밥 같단다

일요일에도 집밥 좀 먹게 해달라고 성화지만
교회도 가야 하고 봉사도 해야 하고
진숙이네 식구도 쉬어야 한다며 수줍게 웃으신다

밥이 하늘이고 밥집이 천국이므로
교회 안 가셔도 늘 천국에 사시는 거라 했더니
천국의 서비스라며 얼른 계란프라이 부쳐주신다

피었으므로 진다*

꽃이 식물의 생식기라는 걸 아는 사람은
꽃에 대해 함부로 말하지 않는다

벌과 나비의 날갯짓에 방해될까 봐
이파리가 늦게 돋는 이유를 아는 사람은
꽃은 질 때 더 아름답다고 말하지 않는다
꽃 진 자리를 감싸기 위해 이파리가 무성해지면
비로소 피었으므로 진다고 말할 뿐

다 피워도 모자란 꿈을 아는 사람은
찬란한 슬픔의 봄을 말하지 않는다
이루지 못하고 지는 꽃잎이 바람에 날리면
그 꿈이 저마다의 소망으로 다시 피어나는 걸 알아
미련 없이 봄날은 간다고 말할 뿐

* 이산하 시인의 책 『피었으므로, 진다』 제목 인용.

발치보단 존치 치과

이빨을 구석구석 살펴본 의사가 물었다
나이에 비해 이빨의 마모가 심한데
혹시 습관적으로 이를 가는 건 아니냐고
잠결에 이를 가는 사람이 의외로 많다고
무의식중에 어금니를 씹는 사람도 있다고
이빨에게는 정말 안 좋은 습관이라고

어금니를 악물고 살아온 삶과
이를 갈며 견뎌온 세월을 들킨 것 같아
아들뻘 젊은 의사 앞에서 민망하기만 한데
그는 알까 세상의 아버지들은 다 그렇다는 걸
그렇게 참고 견딘 세월이 헛되지 않았기에
우리가 서로에게 필요한 사람 되어 만났다는 걸

악력(握力)

손아귀 힘이 건강의 척도라 했던가
악력이 떨어지면 삶의 질도 떨어진다고

움켜쥐고 살았던 것들을 그만 놓아주고 싶은데
하루에도 몇 번씩 핸드폰을 떨어트리면서
고장 나지 않는 몸과 마음이 그저 고마울 뿐인데

그래도 당신 손만은 꼭 잡아주고 싶어
나의 악력은 그 손 놓지 않는 힘이라 하겠네

바람의 공양

누구나 마음속에
참선 중인 스님 한 분 계신다
모시고 살면서
가끔 법문을 주고받는다

나뭇잎이 바람에 흔들리는 것은
바람이 드리는 불공에
두 손 모아 합장하는 것이란다
마음이 한결같다는 것을
머리 위로 두 손을 들어
보여주는 것이란다

그러니 아침 일찍 일어나
떨어진 나뭇잎을 거두라 하신다
바람의 공양을
정중히 받으라 하신다

수행 소믈리에

인근 사찰의 주지스님이 양조장에 오셔서
곤드레 필스너 한 잔 드시고는
몇 번 고개를 끄덕이다 빙그레 웃으시더니
어떻게 맥주에다 곤드레를 넣을 생각을 했냐며
이 맥주 양조법을 배우고 싶다 하셨다

세상에 부처님의 가르침이 아닌 게 없어
마음 같아선 당장 알려드리고 싶지만
회사의 영업 비밀이라 이해해달라 했더니
아무리 천년 가람의 약수가 달고 시원해도
이 맥주의 청량감과 목 넘김만 하겠느냐며
중이나 중생이나 먹고 마시는 일이
수행 중 으뜸이라 하셨다

트라피스트 수도원 수도사들이
오염된 식수를 대신하고
금식 기간에 영양을 보충하기 위해 만든 맥주가
수행의 결실로 태어나 유명해진 것처럼

물맛 좋다며 약수나 마시지 말고
잔당감 없게 드라이하게
말끔히 발효되는 수행을 할 수 있도록
제발 비법을 알려달라며 조르셨다

사진 찍을 나이

나이가 들면
사진을 찍는 것도
사진에 찍히는 것도 싫다고 한다
채우기보다 비워야 할 나이에
남기는 것보다
기억되는 것을 더 긍정할 나이에
새삼 사진 찍을 나이 타령을 하는 것은
이제야 제대로 보이는 것이 있기 때문이다
슬그머니 깨달은 것이 있기 때문이다

저 혼자 보고
저 혼자 깨달았으면
성불하시고 열반에 드시면 되지
웬 사진 타령이냐고 옆눈 흘길 수도 있겠으나
사실 그 사진 한 장 남기기 위해
다들 저렇게 열심히 살았는지도 모른다
인생 사진 한 장쯤
호주머니 속 핸드폰에 넣고 사는 게

진짜 인생인지 모른다

그러니 얼른 열반에 들지 마시고

사진 찍을 나이를 오래

오래 사시길

내가 된다는 것

세상의 모든 길은 빗물이 내었다
길을 낸 물이라 하여 냇물이라 불렀다
앞서간 물은 시내라 불렀고
뒤따라간 물은 끝내 또는
마침내라 불렀다

산에서 길을 잃으면 물길부터 찾았다
물이 흐르는 계곡엔 짐승들의 길이 있었다
모두 다 내려가는 길이었다
낮은 곳으로 흐르는 물길만이
다 같이 살길임을 알고 있었다

바람은 물길의 길잡이였다
물보다 빨리 계곡을 내려갔다
바람에게 길을 묻는 물소리가 뒤를 따랐다
소리만 들려도 살 것 같은 세월은
늘 그렇게 흘러갔다

춘천에 이른 물은 봄내가 되었다

홍천까지 뻗은 물은 너르내가 되었고
병천에 하나 둘 모인 물은 아우내가 되었다
내(川)가 되었다는 것은 마침내
길이 되었다는 것이다

살길도 빗물이 내었다
길을 낸 물이라 하여 냇물이라 불렀다
냇가에 모여
냇물보다 더 낮은 몸짓으로 살았다
저도 모르게 내가 된 사람도 있었다

강물 되어 강물이 되어

흘러야 강물이다
낮은 곳에서
자기보다 더 낮은 곳으로
흐르는 강물을 보아라
강물 속으로 또 다른 강이 흐를 때
더 낮은 곳으로 흐르는 강물이
세상의 강물 되리니

사랑이 강물이다
흙바람 부는 세상
낮은 사랑이 아니라면
무엇으로 흙먼지 날리는 가슴 적실까
그대 두 사람
차고 넘치는 사랑이 아니라면
무엇으로 세월의 강물 흐르게 할까

기다림도 강물이다
흐르다 막히면 강바닥에 내려와

흘러온 기억으로 제 몸의 부피를 키우고
넘어서야 할 것과
극복해야 할 것들을
고요히 성찰하는
그대들의 기다림은 멈춤이 아니다

새벽에 일어나
물안개 자욱한 강 한가운데서
강물을 긷는 마음으로 살아라
멀리 있는 것들은 거짓이 많지만
먼 데서 흘러온 강물은
모래알 하나
눈물 한 방울도 속이지 않는다

먼 데서 흘러온 그 강물은
그대들과 함께
오래된 미래로 흘러갈 것이다
역사도 같은 방향으로 흘러갈 것이다

누군가 말했듯이
배를 띄우는 것도 강물이고
배를 뒤집는 것도 강물이다

흘러야 강물이다
아침햇살에 은빛 찬란한 물결도
비바람에 깊게 팬 물살도
그대들의 강물에 흐르게 하라
여울목에서 단단히 깨우친
서로에 대한 사랑과 믿음으로
이 한세상 아름답게 건너게 하라

가을 아침

꿈속에서 아내가 소릴 지른다
먼저 잠든 날이 많아 몰랐는데 잠결에
누군가를 부르는 아내의 목소리가 들린다

깨울까 망설이다 어깨만 토닥인다
잠에서 깨면 헤어지는 꿈에서도 깨겠지만
다시는 꿈에서조차 만날 수 없는 사람이 있어
엄마가 된 딸이 세상 그리운 엄마를 부른다

그 사람과 더 오래 이별하는 꿈을 꾸라고
밤새 이별해도 부족한 그런 꿈을 꾸라고
가만히 이불을 덮어준다 어둠 속에서
꿈길을 더듬어 늘 내가 서 있던 그곳에서
아내를 기다린다 밤새 이별을 해도
그곳엔 언제나 내가 있으니

아침을 차리는 아내의 얼굴이 환하다
목소리만 조금 깊게 잠겨 있을 뿐
간밤의 이별이 풍성한 가을 밥상으로 차려진다

추암

능파대 촛대바위 근처에서
딸 둘이 엄마와 사진을 찍었다
살아서 마지막으로 함께 찍은 사진이었다
사진 속 엄마를 영정 사진으로 모신 두 딸은
추암 바다에서 그리운 엄마를 보내드렸다
한 해 지나 그 바다에 다시 가서
엄마를 닮은 하얀 국화 몇 송이를 파도에 띄웠다

파도를 능가한다고 하여 능파대라 불린 바다였다
죽음도 능가하게 해달라고 빌었다
파도 위를 걷는
미인의 아름다운 걸음걸이 뜻하는 바다였다
영정 사진 속 엄마가 그 바다를 걷고 있었다
국화는 한참을 추암에 머물다 먼 바다로 흘러갔다
촛대바위에 작은 촛불 하나가 등대처럼 켜 있었다

만항재

만항재에 올라
지천으로 피어 있는 들꽃을 본 사람이라면

왜 여기가 천상의 화원인지
왜 저토록 많은 사람들이 이 먼 데까지 와서
들꽃을 배경으로 사진을 찍는지
하늘길을 오가며 꽃밭 주변을 서성이는지
운명처럼 알게 될 것이다

바람을 닮은 자유로운 영혼들이
들바람꽃 외대바람꽃 숲바람꽃으로 피어나니
저마다 나도바람꽃으로 피고 싶어
미나리아재비 몰래
바람이 풍장(風葬)을 하고 있음을

잠버릇

언제부턴가
잠자는 숲속의 공주처럼
죽은 듯 잠을 자는 버릇이 생겼다
반듯이 누워 두 손을 가슴에 얹고
두근거리는 심장의 박동 소리와
깊은 호흡이 하품으로 열리는 숨소리를 들으며
미처 열을 세기도 전에 잠이 드는
거짓말 같은 잠버릇이 생겼다

모두들 부러워하는 이 잠버릇을 위해
나는 단지 오늘 하루만 사는 사람처럼
모든 걸 다 떠안고 갈 사람처럼
관 속에서 영면하는 삶의 자세를 취했고
외곽의 크기에 내 꿈의 크기를 맞췄다
잠에서 깨면 두 팔을 크게 벌려
한껏 기지개를 켜는 버릇도
이때 생긴 것이다

제2부

그 사내만 웃고 있네

그 사내만 웃고 있네

그의 죽음으로 30년 만에 만난 옛 동무들

그 시절 통성명한 이름은 모두 가명이라
이름만 기억하지 서로가 누군지 모르는데

세월이 흘러도 웃는 모습은 변하지 않으니
영정에서 혼자 웃고 있는 그 사내처럼
미소만 지어도 단박에 알 것 같은 얼굴들

웃기는커녕 10년은 더 늙은 눈빛으로
서로가 누군지 알지 못한 채 서성이는데

30년 만에 이렇게라도 만나게 했으니
할 일 다 했다고 영정 속 사내만 웃고 있네

장기판

세상을 장기판에 비유하셨다
가로 열 줄 세로 아홉 줄
맞수라는 상대가 있고
동등하지는 않지만 평등한 싸울아비들
누구는 길을 내다 죽고
누구는 퇴로를 막다 죽는 말들

모든 수가 신의 한 수는 아니지만
장군 멍군으로 분투하다 결국
외통장군으로 결판나는
장기판 같은 세상을 사셨다
이겨야 정의롭다는 세상을
매번 지고도 정의로웠다

마가 상길로 가고
포가 포를 넘어가도 끄떡없는 세상
엎어버리자고 하셨다 지긋지긋한
물신의 폭력 끝장내자고 하셨다

한 수 한 수가 신의 한 수 같은
노나메기 세상에서 함께 살자 하셨다

에콜로지 선생님

현대국가를 조세국가라 했다
국민들에게 세금을 부과하고
걷어들인 세수로 국부를 재분배하는 것이
근대 국민국가가 작동하는 시스템이라 했다
이 시스템을 경제성장이 뒷받침해왔는데
경제가 어려워져 세수가 줄어들면
이 시스템이 붕괴될 수도 있다고 했다
국가 체제가 무너질 수도 있다고 했다

이 경우 민주주의가 제일 위험하다고 했다
사회의 모순과 계층 간 갈등을
경제성장으로 무마하고 완화시켜왔는데
사회정의가 바로 서고
민주주의가 뿌리를 내렸기 때문이 아니라
파이 나눠 먹기로 겨우 지탱해왔는데
경제가 어려워져 성장이 멈추고
국민들이 세금도 못 낼 형편이 되면
껍데기뿐인 민주주의로는 감당할 수 없다고 했다

독재 체제나 파시즘이 등장할지도 모른다고 했다

더 이상 경제는 성장할 것 같지 않은데
뭐든 과하면 제자리로 돌려놓으려는
생태계의 반발도 만만치 않은데
사회적 거리 두기로 서로의 형편이 더 벌어진 지금
세금을 못 내면 민주 시민도 못 되는
위태로운 근대 국민국가에 살면서
세상에 없는 복지국가와 민주주의를 설파하던
에콜로지 선생님도 이제 여기 없는데

땅에 떨어진 밀알

어쩌면 21세기 100년을 사는 세대가
지구에서 가장 번영을 누리며 풍요롭게 사는
마지막 인류가 될지도 모른다
기대수명이 20년도 남지 않은 나는
다시 가난해지는 것에 동의할 수는 있지만
50년을 더 살아야 하는 우리 자식들은
가난을 숙명처럼 받아들일 수 있을까

그 세대가 성장의 풍요를 계속 누리고 산다면
인류는 생태적 파국을 피할 길 없어
여태 이룩한 것들을 한순간에 잃을 수도 있다
평생 마스크를 벗지 못할 수도 있다
그럴 가능성과 시간을 최대한 늦추기 위해
그토록 많은 사람들이 성장을 멈추라고 경고했다
그도 빈곤과 소외가 없는 가난을 설파했다

'인류는 지금보다 훨씬 더 가난해져야 한다
평등하고 겸손하게 가난해져야 한다

공존공영(共存共榮)이 아니라 공빈공락(共貧共樂)해야
파국을 막을 수 있다' 그런데……
사람들은 지금보다 더 가난해지는 것을 참을 수 있을까
기업들은 소비자가 사라지는 것을 보고만 있을까
정치인들은 가난을 공약으로 표를 얻을 수 있을까

그는 성경에서 비유한 밀알과 같은 존재였다
땅에 떨어져 죽길 원했고 썩어서 열매 맺길 원했다
그런 마음으로 30년 가까이 경이로운 잡지를 만들었다
그럼에도 불구하고 아무도 위의 물음에 답하지 못했다
오래 살지 말자 지구의 시간을 우리가 소모하지 말자
그래야 다음 세대가 이 지구별에서 오래 살 수 있다
아무리 그래도 그는 너무 일찍 땅에 떨어졌다

이게 나라냐

몇 해 전 이 말이
광화문 광장에 울려 퍼졌을 때
전통 시대에도
이와 비슷한 말이 있었음을 알았다

국지불국(國之不國)
나라이되 나라가 아니다
기국비기국(基國非基國)
나라가 나라가 아니다

나라가 바로 서지 못함을 꾸짖는
이 말이 유행했을 때
고려는 망했고
조선은 임진왜란의 참화를 겪었다

이게 나라냐에 이어
이건 나라냐는 대거리도 들린다
나라답지 못한 나라를 두고

나라다운 나라 논쟁이 한창이다

그래 이왕이면 제대로 싸워라
이게 나라다라는 자부심을 가져보자
제발 나라를 근심하면
바보가 되는 그런 나라에서 살아보자

유일한 나라

인구가 5천만 명 이상이고
1인당 국민소득이 3만 달러가 넘는 나라들을
30-50클럽 국가라 한다
미국 독일 영국 일본 프랑스 이탈리아가 여기에 속한다

우리나라도 2019년에 일곱 번째 국가로
이 클럽에 이름을 올렸다
눈떠보니 선진국이 되었다는 자화자찬에
경제성장과 함께 민주화를 이루어낸
가장 모범적인 국가라는 찬사가 더해졌다

중요한 것은 일곱 나라 중 유일하게
식민 지배를 받은 부끄러운 역사는 있어도
제국주의의 더러운 과거가 없는 나라라는 것이다
그따위 선진국이 부럽지 않은
지구상의 유일한 나라라는 것이다

민도(民度)

일본 정부의 한 각료가 말했다
일본 국민은 아시아인들과 수준이 다르다고
한국과는 민도가 비교도 안 된다고

프랑스 정치학자 토크빌은 말했다
모든 민주주의 국가에서 국민은
그들의 수준에 맞는 정부를 갖는다고

민주주의 국가라는 말보다
문명국가라는 말을 더 좋아하는 일본 국민들은
자신들의 민도를 이렇게 설명했다

막말과 망발은 그들의 특권이고
부끄러움은 언제나 국민들 몫이라고
그래서 부끄러움을 아는 문명국가가 된 거라고

눈높이

두 손을 마주 잡고
눈높이만큼 들어서
허리를 굽히는 인사법이 있다
이를 장읍(長揖)이라 하는데
상대방에게 경의를 표하거나
복종의 의미로 행하는 예법이다

우리도 은연중에 장읍하며 산다
보는 관점과 안목이 눈높이가 되어
삶이 그 수준에 도달할 때까지
자본을 향해
자본이 만든 세상을 향해
허리를 굽히고 고개를 숙이며 산다

사람에게 충성하지 않는다면서도
권력을 차지하기 위해
장읍하는 사람을 보았다
국민의 눈높이에 맞추겠다고 했다
미안하지만 우리도
사람에게는 복종하지 않는다

술주정의 정의

세상이 바뀌었으니 법도 바뀌어야 한다
법이 최소한의 양심과 도덕을 규정한다는 것은
법을 좀 안다는 사람들의 입바른 소리이고
권력에 봉사하기 위한 힘을 규정한 것이다

힘 있는 자가 바뀌어 세상이 바뀌었으면
당연히 법도 바뀌어야 한다
법은 곧 정의이고 힘이 법이므로
정의는 오직 힘 있는 자가 규정하는 것이다

이렇게 주장하는 사람과 밤새 술을 마셨다
술에 취하니 그의 주장이 모두 맞는 것 같았다
술은 곧 정의이고 술주정이 곧 법이므로
정의는 오직 술 취한 자가 규정하는 것 같았다

파생

'살다'에서 사람이 나고
살림이 차려지고
살림살이가 한살림 되도록
다 같이 잘 살아야 하므로
다살림으로 다스림이 당연하고

'보다'에서 봄이 오고
꽃이 피고 벌 나비가 날고
여름이 열매로 맺히는 것을
다 같이 바라보며 살아야 하므로
보살림으로 보살핌이 마땅하다

왕릉뷰 아파트

검개는 김포의 옛이름이다
검포라고도 불렀다
한자에서 음차한 '검'은 '곰'과 마찬가지로
'신'을 뜻하는 우리말이다
검개는 '신성한 포구'라는 뜻이고
검단은 신의 '검'과 마을을 뜻하는 '단'의 합성어로
'신에게 제사 드리는 마을'이라는 뜻이다

조선의 제16대 국왕 인조는
신에게 제사를 드리는 마을에 부모의 묘를 썼다
추존왕으로 추봉하여 왕릉으로 조성했다
오래된 무덤들은 파묘되어 어디론가 사라졌고
검단 주변 원당 당골에 묘지와 당집이 성행하여
오갈 데 없는 원혼과 영혼들을 위로하였다

인조는 도성을 세 번이나 버렸던 암군이었다
'一漢 二河 三江 四海' 참언에 미혹되었다
수도가 일한 한성에서 이하 파주 교하로

다시 삼강 강화도로 종당엔 사해 김포로 바뀐다는
평지룡 풍수지리를 믿었다
부모를 김포 장릉에 모셨고
자신은 파주 장릉에 터를 잡아 풍수로 연결했다

도시 개발 계획에 따라 검단 신도시가 건설되자
장릉 주변에도 고층 아파트가 세워졌다
어느 날 문화재청은 아파트 공사를 중지시켰다
조선 왕릉을 유네스코 세계문화유산 등재 사유로 꼽은
풍수지리 원리의 장묘 문화가 훼손되었기 때문이라 했다
두 장릉을 연결하는 용 봉우리 조산이 계양산인데
아파트가 계양산과 이어지는 조망을 막고 있다는 것이다

장릉 주변 아파트는 왕릉뷰 아파트라 명명되었고
문화재 보호 명목으로 졸지에 철거될 운명에 처해졌다
입주자들은 미숙한 행정을 질타하며 분통을 터트렸지만
여론은 문화재 보호에 방점을 찍어주었다
이 일은 마치 안식처를 빼앗기고 어디론가 사라져

온 동네를 당집으로 만든 그 시대를 연상케 한다
왕릉 때문에 백성들이 쫓겨 다니는 일은
전통 시대 암군 하나로 족하지 않은가

청구동

국민학교 모교 후문에
영원한 2인자라 불리던 분의 집이 있었다
제법 넓은 골목 모퉁이 집이었다
골목에서 공을 차고 놀다 보면
그분 집으로 공이 넘어가기 일쑤였다
처음엔 어쩔 줄 몰라 하다가
용기를 내어 초인종을 누르고 다 같이
'공 좀 꺼내주세요' 외치면
공이 담 너머 골목으로 휙 넘어왔다
그렇게 공은 자주 넘어갔고 이내 돌아왔다

그러던 어느 날 그 집에서
넘어간 공을 들고 한 사내가 나왔다
사내는 아이들이 보는 앞에서 공을 찢었다
더 이상 돌려주지 않겠다는 경고였다
다음 날 종례 때 선생님도 같은 주의를 주었다
놀이를 잃은 아이들은 위험한 장난을 쳤다
공이 넘어간 그 담장 너머로 연탄재를 던졌다

금방 다 탄 듯한 뜨거운 연탄재도 던졌다

며칠 후 그분 집 골목에 경비 초소가 생겼다

이후로 학교는 정문으로만 다녔다

전쟁은 미친 짓이다

세르게이 라흐마니노프의 피아노 협주곡 2번
크렘린의 종소리로 시작되는 이 음악은
한국인이 사랑하는 클래식 명곡이다
1악장 모데라토의 웅장한 하모니는
광활한 러시아 대륙이 연상되고
2악장 아다지오 소스테누토의 서정적인 피아노 선율은
한없이 평화롭기만 한데
언제부턴가 이 음악에서 이명이 들린다
무한궤도에 나라의 운명을 맡긴
저 육중한 캐터필러 소리

냉전 종식을 노래했던
독일 밴드 스콜피언스의 윈드 오브 체인지
고리키 공원 가는 길에 보았던 군인들에게서
변화의 바람 소리를 들었다고 했다
그 길을 따라 걸으니
옛일은 과거 속에 영영 묻혀버렸다고 했다
옛일이란 나치 독일이 소련에게 항복했던 일

그들은 냉전 종식을 마법 같은 순간이라 노래했지만
마법이 사라진 지금
노래 가사를 바꿨다는 소식만 들려올 뿐

전쟁이 모든 문제를 한꺼번에 해결해준다며
표트르 대제의 정복전쟁을 옹호해온 당신
전쟁에도 순기능이 있다고 강변하지만
역사는 한 번도 침략자의 손을 들어준 적이 없다
그러니 함부로 빼앗지 말며 함부로 승리하지 말라
더 이상 싸워서 이기는 전쟁은 없다
패배당하기 위해 싸우는 어리석은 전쟁만 있을 뿐
옛일을 과거 속에 영영 묻어버리고 싶었던
나치 독일보다 더 굴욕적인 패배를
당신은 역사로부터 선고받게 될 것이다

소나무

아버지는 고향집을 되찾고 싶어 하셨다

집터 토지대장을 보니
내가 태어난 고향집은 254평이었다
지난 300년 동안
많은 분들이 이 집에서 명멸하셨다
백 년 넘게 한의원을 하시며
대대로 이어온 인술을 물려주셨다
오래된 이 집에서 태어난 것이
나에겐 큰 자부심이었다

집이 무너진 것은 불과 몇 년 전이었다
모두 떠나고 아무도 살지 않았지만
무너질 정도는 아니었다
솟을대문만 조금 기울었을 뿐
본채와 행랑채는 옛 모습 그대로였다
그런데 세상을 고단하게 사시던 종손 형님이
집을 무너트리고 집터마저 팔아버리고

황망하게 저세상으로 갔다

집터에는 옥수수가 심어져 있었다
집이 있었을 때는 마당이 꽤 넓었는데
254평 옥수수밭은 그냥 텃밭이었다
토지대장을 들고 서성이는데
먼 친척 어른이 무슨 일로 왔냐고 물었다
여기 소나무가 좋다고 입소문이 나서
조경 업자들이 무시로 찾아온다고 했다
아! 뒤란의 소나무가 아직 거기 있었다

독야청청하게 이 터를 새기고 있었다

때는 오지 않는다

하루 종일 때를 생각했다
순간순간 때가 지나갔다
기다린 때는 어느 순간인지 몰랐지만
결심한 순간 그때가 되었다

그때를 살면서
그때가 좋았다고 말하는 사람은 없었다
결심한 순간부터 지금까지
아직도 때를 기다리는 사람이 더 많았다

하루 종일 생각한 때는 오지 않았다
순간순간 지나갔는지도 모르지만
더 이상 때를 기다리지 않기로 했다
결심한 순간 다시 그때가 되었다

제3부

역사의 쓸모

역사의 쓸모

평범한 중국 음식인 줄 알면서
중국에 가면 먀오족 식당에서 밥을 먹었다
독하기만 한 베트남 술인 줄 알면서
베트남에 가면 꼭 몽족 술집에서 술을 마셨다
나는 고구려 음식도 모르고 술맛도 모르지만
먀오족과 몽족이 고구려 유민일 가능성이 높다기에
그들의 밥과 술을 조상의 음식인 양 챙겨 먹었다

사실 한국에서도 중국에서도 베트남에서도
자신을 고구려의 후예라고 믿는 사람은 거의 없다
그런 역사가 다 무슨 소용이냐고 묻는 사람만 있을 뿐
그럴 때마다 나는 역사의 쓸모를 생각한다
역사는 생산자보다 소비자에게 더 큰 효용이 있음을
반복된다는 전제와 만약이라는 가정 아래
역사야말로 밥이 되고 술이 되는 배움의 성찬임을

설마 밥과 술이 무슨 소용이냐고 묻는 사람은 없겠지

피난선

태백선과 함백선 화차가 지나는 예미역에는
피난선 철길의 흔적이 남아 있다
조동역에서 급경사 내리막길을 달려온 화차가
브레이크 제동력으로 정차하지 못하면
역을 지나 예미산으로 올라가도록 만든 철길인데
가속도가 해소된 화차는 안전하게 정차했지만
석탄을 가득 실은 화차는 간혹 산중에 처박혔다

꽝음에 놀란 동네 사람들은 사고 현장으로 달려가서
사방에 널브러진 석탄을 잽싸게 주워 담았는데
반은 자기 집에 숨겼고
반은 화차에 실어 주변을 정리했다
역무원들은 주변 정리 품셈으로 도둑질을 묵인했지만
화주인 광업소는 절도범 색출에 열을 올렸다

이런 일이 몇 차례 반복되자 동네 인심이 흉흉해졌다
저마다 숨겨놓은 석탄에 대해선 함구했고
제집 드나들듯 했던 이웃들도 발길을 끊었다

가마니로 싸고 비닐을 덮어 꽁꽁 숨겼건만
비만 오면 집집마다 검정 물이 흘러내렸다
동네 사람들은 이런 풍경을 내심 부끄러워했다
광업소가 폐광되어 화차는 멈춰 섰고
녹슨 피난선은 우리 동네의 슬픈 전설이 되었다

뼝대

단종이 잠들어 있는 영월에는
뼝대라 부르는 수직 바위 절벽이 있다
동강이 만든 천 길 낭떠러지이다

이 뼝대는
왕위를 빼앗기고 영월로 유배 와서
목숨마저 빼앗긴 단종의 시신이 버려진 곳이다
소식을 들은 궁노, 궁녀, 시종들이
뒤따라서 몸을 던져 순사(殉死)한 곳이다

사람들은 이 뼝대를 낙화암이라 불렀다
백마강 낙화암만큼 유명하지는 않지만
치마를 뒤집어쓰고 몸을 던진 비극은 같았다

병자년 호란 때 갑구지 염하에서도
여인들이 수건을 쓰고 바다로 뛰어들었다
빠져 죽거나 얼어 죽은 바다에

주인 잃은 머릿수건만 하얗게 떠다녔다

나라가 어지러우면 세상은 뼝대가 된다
사방천지 어디서 누가 떨어질지 모르는
낙화암이 된다

어수리 나물밥

곤드레 밥상처럼 으너리 밥상도 가난했다
나물밥에 간장 한 술
물 한 대접이 전부였다
그래도 단종은 나인들을 위해 밥을 남겼다
그는 한 밥그릇에 두 술 없는 임금이었다
으너리 나물에서 아내의 분내가 난다고 했다

곤드레 딱주기처럼 으너리도 허기만 채워줄 뿐이었다
먹긴 먹었으되 돌아서면 배고팠다
그래도 누구라도 살 수 있으면 그것으로 족했다
으너리 나물이 어수리 나물이 된 것은
순전히 분내 때문이었다
그리움 때문이었다

한을 품고 죽으면 서낭신이 된다고 했다
영월 땅을 지켜주었는데 장례도 못 치렀으니
넋이라도 달래자며 해마다 제사상을 차렸다
으너리 밥상 하나면 족한데

간택하듯 정순왕후도 선발했다

두 술 없다는 임금에게 치욕도 이런 치욕이 없었다

규간(規諫)

스승과 제자가 있어
제자가 스승보다 뛰어남을 비유하는
청출어람이라는 말은 들어봤어도
제자가 스승의 잘못을 고치도록 말한다는
규간이라는 말은 들어보지 못했다
요즘 세상에 통용되지 않는 말 같았다

군사부일체가 강조되던 전통 시대에는
은혜가 같은 이치와 도리로써
임금이나 스승에게도 할 말은 한 것 같은데
지금은 언론이 그 말을 대신하고
옳은 이치와 도리는 법이 대신하니
이젠 정말 필요 없는 말이 된 것 같았다

그런데 왜 이 말이 자꾸 생각나는지
스승도 제자도 없는 세상에서
나이를 먹으면 저절로 꼰대가 되는 세상에서
벗끼리 좋은 일 하도록 책선(責善)하고

스스로 고치도록 규간해도

날마다 말이 모자란 세상에 살면서

편지

추사 박물관에서 김정희의 한글 편지를 보았다
제주 유배 중에 아내에게 보낸 편지였다
아내가 위독하다는 소식을 듣고
급히 쓴 편지에는 걱정과 근심이 가득했다

그가 편지를 쓰는 동안
예산 고향집에서는 초상을 치르고 있었다
한 달 뒤 김정희는 아내가 죽었다는 소식을 들었다

'사람이 다 죽어도 당신만은 죽지 말았어야 했다
먼저 죽는 것이 뭐가 좋다고
나로 하여금 두 눈만 뜨고 홀로 살게 한단 말인가'

나중에 도착한 편지는 아무도 열어보지 않았고
해배되어 돌아온 그가 눈물로 읽었다
그리고 도망(悼亡)을 지어 아내를 떠나보냈다

'내세에는 우리 부부 처지를 바꿔 태어나

나는 죽고 그대는 천 리 밖에 살아남아
그대가 나의 이 슬픔을 알게 할까'

어떤 이는 추사의 글씨가 그림 같다고 하고
어떤 이는 글씨에 정치적 코드가 숨어 있다 했지만
내가 보기엔 꾹꾹 눌러쓴 글씨마다
홀아비의 사무친 외로움이 깊게 배어 있었다

금고

금고가 있는 카페가 있다
영월 덕포나루 농협은행이 있던 자리
먹고 마시는 일에 동물성을 거부하는
동물의 본능을 인간의 본능으로 가두는
커다란 철제 금고가 있는 카페가 있다

금고 안에 차려진 테이블 두 개
여기에 앉으면 누구나 소중한 사람이 된다
금고는 본능을 가두는 곳이 아니라
욕망을 소중하게 보관하는 곳
잠시 앉았다 가도 자존감이 이자로 붙는다

금고가 있는 카페가 있다
영월 덕포나루 갯벌장이 서던 자리
앞뒤 뗏목꾼들이 아리랑을 주고받던
강물만 푸르러도 고향 생각이 나는
멀리 있어 미안한 그리운 카페가 있다

누군가 온다

산에 큰 불이 났다

산불은 처음엔 나무를 태우지만
이내 생태계 숲을 태우고
문명의 대지를 태운다
다 타버려 재만 남은 산과 대지는
황량한 사막이 되기도 하고
다시 울창한 숲이 되기도 하는데

그 차이는 단지 바람이 불어간 흔적이다

흔적도 없이 사라지면 사막이 되고
세월이 지나갈 길이라도 남겨놓으면
그 길을 따라 분명히 누군가 온다
이천 년을 맨발로 걸어온
세월의 발자국 따라
당신이 온 것처럼

핸드폰 손전등을 켜고

등대가
캄캄한 바다를 무사히 건너가라고
아주 멀리서 바다를 비추는 것처럼
달빛이
어두운 밤을 하얗게 지새라고
밤하늘에 제 몸을 비추는 것처럼
우리는
코로나 유행병이 어서 지나가라고
밤마다 핸드폰 손전등을 켜고
그 손을 흔들어 작은 불꽃을 살리었다
그러자
그 불꽃이 세상의 빛을 모아
오래된 미래를 환하게 비추었다

넥타이

내 결혼식에 맬 빨강 넥타이와
누군가의 장례식에 맬 검정 넥타이를 산 적이 있다
예복의 화룡점정은 넥타이니까
넥타이 매듭에 목숨을 걸어야 어른이 된 거니까

빨강 넥타이는 그날 딱 한 번 매고 잃어버렸다
뒤풀이하다 술에 취해 잠든 신랑의 넥타이를
누군가 풀어서 웨딩 사진 속 젊은이에게 걸어주었다.

검정 넥타이는 하나로 충분했다
상갓집 술도 마시면 취할진대 넥타이만큼은 풀지 않았다
가신 분을 생각하면 풀기는커녕 더 옥죄어야 했다

우리는 서로 목을 매는 사이였다
넥타이는 그런 사이를 입증하는 최소한의 격식이었다
가끔 아내도 넥타이를 고쳐 매주며 주의를 환기시켰다
아직도 걸어야 할 목숨이 부지기수라고

금연 단상

삼십 년 넘게 핀 담배를 끊었다
너무 늦지 않게
때가 되면 끊으리라 마음 먹었는데
한 번의 결심으로 용케 끊었다
그리고 삼 년이 흘렀다
당연히 금연에 성공했다고 믿었다

그런데 흡연 습관 하나가 남아 있었다
한숨을 길게 쉬는 버릇은 여전했다
담배 연기로 위장했던 한숨이었다
긴 호흡으로 가슴 쓸어내리며
허공으로 날려 보낸 젊은 날의 분노를
몸은 기억하고 있었다

담배를 끊었다고
긴 한숨이 갑자기 짧아지고
세상 근심이 사라질 리 만무하겠지만
그래도 흡연 습관이 미더운 것은

젊은 날의 분노가 부끄럽지 않기 때문이다

죽비처럼 아직도 나를 깨우고 있기 때문이다

무게

지구가
지구상에 있는 물체에게 가하는
중력의 정도를 무게라 한다
가볍거나 무겁다고 표현하는데
감당할 수 있는 무게만 그렇게 말한다

삶의 무게도
감당할 수 있는 무게이다
중력을 견뎌내는 힘과 거스르는 힘을
더하거나 빼고 곱하거나 나누면
온전한 삶의 무게가 유한값으로 나온다

더할수록 작아지는 값은
짊어질 수 있음을 뜻하고
빼도 빼도 커지는 값은
그만 내려놓으라는 뜻이다
먼지도 자기 삶의 무게가 있어 쌓인다

우리 동네

내가 사는 동네 풍무동을
사람들은 뉴무동이라 부른다
한적한 김포 전원마을이
신도시 뉴타운이 되면서부터다

30층이 넘는 고층 아파트와
그만큼 높은 빌딩들 사이로
왁자지껄 먹자골목이 생겼다
내가 좋아하는 꼼장어
뒷고기 선술집도 주당들로 넘친다

가끔 그 술집에서 술 한잔 할 때면
엄지와 검지로 만든 손 권총 들고
천정부지로 오른 우리 동네 땅값 집값
저 높은 빌딩을 향해
혀가 꼬부라지도록 이렇게 외쳤다

꼼장마!
고기서라!

미소

그 미용실에 가면
파마용 비닐 캡을 쓴
모나리자의 미소를 만날 수 있었다
파마를 한 그녀의 모습은
상상만으로도
덩달아 미소 짓게 했다

비닐 캡에
마스크까지 쓴 모나리자가
이번엔 명동 거리에 나타났다
안심하고 머리 해도 된다고
그깟 미소보다는
마스크가 더 중요한 세상이라고

미소가 사라진 모나리자는
텅 빈 거리가 야속한 듯
세상을 향해 연신 눈을 흘겼다
코와 입이 가려진 세상은

아무도 아무것도
상상할 수 없었다

엽과비(葉果比)*

눈치껏 살아도 모자란 일 중에
옆 눈치 보는 농사일도 있구나

상대가 벌과 나비라면
봄날은 갔으니 힐끔 보고 말겠지만

상대가 세상의 빛을 모으는 나뭇잎이라
푸르름을 두고 낙장불입도 불사하니

열일하는 농부라도 나뭇잎 일만 할까

봉지로 열매를 싸다 말고
이파리 바람사위 따라 맞장단 쳐보네

* 엽과비(葉果比) : 과실나무에 달린 잎과 열매 수의 비율. 열매 수에 대
  한 잎의 수를 비율로 표시하는데 비율이 높을수록 열매가 커진다.

제4부

인생 재발급

달력

구순이 넘으신 부모님 집에는
예닐곱 개의 달력이 있다
숫자가 큰 달력은 방마다 걸려 있고
세 달치 달력은 거실에 걸려 있다
탁상달력도 두 개나 있다

달력마다 음력 생신날과
자식들 생일이 동그랗게 표시되어 있다
병원 가는 날은 동그라미가 두 개다
어제 일도 기억나지 않는다 하면서도
오늘 날짜만큼은 정확히 기억하신다

표시한 그날들을 잊지 않기 위해
그날까지 동글동글 살기 위해
하루에도 몇 번씩 오늘 날짜를 헤아리신다
그래서 달력에 표시된 날들은 매일 오늘이다
오늘이 저토록 많으니 날마다 풍성하게 사신다

기억의 변증법

오래 기억한 것만 생각난다고 하셨다
후회한 일을 가장 오래 기억했다
후회함으로 늘 뒤돌아보며 살았다
어제 일은 하나도 기억나지 않았지만
뒤돌아보며 후회한 일은 절대 잊지 않았다

몸이 기억한 것만 생각난다고 하셨다
성가시게 아픈 몸을 가장 많이 기억했다
온몸이 아프도록 가려움을 앓았다
기어이 피가 나야 긁는 것을 멈추었다
아버지의 치매는 그렇게 시작되었다

노인들의 수다

감사하다는 말을 안 하면
왠지 잘못 살고 있는 것 같단다
나만 감사할 일 없는 사람 같단다
별것 아닌 일에도 늘 감사해하고

고맙다는 말을 안 하면
서로의 눈을 쳐다볼 일 없을 것 같단다
거절당하고 외면받는 사람 같단다
아주 작은 일에도 정말 고마워하는

엄살 섞인 노인들의 너스레가
고맙고 감사한 말의 성찬이 되어
오늘도 경로당에 수북이 쌓인다
서로 잘 살았다고 자랑이라도 하시듯

몸살

자식을 낳고 키우다 보니
아이는 아프면서 큰다는 걸 알았다
아픈 만큼 영리해지고
애를 태운 만큼 철도 들었다
면역력이 생겼는지 아픈 내색도 않고
몸살쯤은 가볍게 넘어갔다

아이를 다 키우고서야 알았다
몸살은 결코 가벼운 병이 아니라는 걸
모든 아픔의 시작이었고
자신도 주체할 수 없는 병이라는 걸
이 악물고 그냥 버티다가
아프면 자기만 손해라고
세상 사는 법을 알려준 병이었다

아직도 아프고 나면 큰다는 걸 믿는다
나이 먹으면 더 많이 아프고
면역력도 떨어져 감당할 수 없지만

몸살을 앓다가도 죽을 수도 있지만
아프고 나면 그만큼 철이 든다
어쩌면 철이 다 들기도 전에
아프다 죽는 게 인생인지 모른다

신음 소리

아픈 몸의 소리를 듣는다
숨을 내쉴 때마다 터져 나오는 신음 소리
몸과 마음이 함께 무너지는 듯한 저 소리
어떻게 참고 견디며 살았을까 아픈 몸속에서
이제라도 들을 수 있어 오히려 고마운 소리

자식을 낳고 키우며 세상의 부모들은
아이들의 숨소리와 울음소리를 제일 먼저 기억했다
말 못 하는 아이들의 아픈 몸의 소리를 듣기 위해
세상의 모든 소리에 귀 기울였고
살아가는 소리에 자신의 아픈 몸의 소리를 더했다

이제는 아이들도 모두 자라 부모가 되고
세상의 소리와도 점점 멀어질 나이가 되니
아픈 제 몸의 소리가 잘 들리지 않는다
어떻게 참고 살았을까 아픈 몸속에서
이제라도 듣게 해주니 감사한 저 신음 소리

빈대떡

비 온다고 종일 비가 내린다고
부부는 빈대떡과 막걸리에 마음이 통했다
나란히 우산 쓰고 밤마실 나서는데
남편이 아내에게 슬쩍 농을 던졌다
빗소리가 빈대떡 부치는 소리처럼 들리는 건
귀가 순해야 들리는 이순의 경지 같은 거라고
그러자 아내가 눈을 흘기며 농을 받았다
빈대떡은 행복으로 부치는 음식이라고
부치는 사람이 행복해야 빗소리처럼 들린다고
남편은 빙그레 웃으며 고개를 끄덕였다
빈대떡을 뒤집어가며 부치듯 세상도
자주 뒤집어야 골고루 행복한 세상 되겠다고

어떤 위로

손목시계에서 폭죽이 터졌다
목표를 달성했다며 축하인사도 건넨다
난데없는 이벤트에 어리둥절하다가
똑똑한 손목시계에 만보기가 있음을 알았다
고단한 몸이 지친 마음에게
열심히 살아줘서 고맙다고 준 선물 같았다
손목시계를 찬 왼팔을 휘저으니
외로운 정선 밤하늘에 폭죽이 터졌다

아픈 눈으로 보는 세상

아픈 눈으로 보는 세상은
아픈 사람만 불편한 세상이다
핏발이 곤두선 눈으로 바라보는 세상은
헛웃음 반 눈감음 반으로
애써 불편함을 참고 있는 세상이다

우혹(愚惑)했던 건 누구의 잘못도 아니다
눈물이 마른 탓이다
울어도 눈물 나지 않은 세상 탓이다
헛웃음 반 눈감음 반으로
그가 날린 주먹질을 용인한 탓이다

오줌을 누다가

오줌을 누다가
이제는 소변도 나오지 않는다는
그분의 마지막 노트 글귀가 생각나
잠시 감았던 눈을 뜨고
오줌 줄기를 내려다보았다
갈수록 약해지는 나의 오줌발

오줌발 세기가 건강의 척도라는데
가늘어지기는 했어도
아직 끊어질 정도는 아니니
몸이 이룩한 노력이 헛되지 않게
그동안 흘린 피와 땀에
눈물 한 방울*만 더 보태라 하신다

소변이 나오지 않을 정도로
자신을 다 쏟아버리고 떠나신
그분이 하필 이런 곳에서 생각나
옷깃을 여미다가

남자가 흘리지 말아야 한다는 눈물을

기어이 쏟고 말았다

* 이어령 교수의 책 『눈물 한 방울』 제목 인용.

지금이 좋은 때

지나고 보니
그때가 지금보다 좋았다 해요
힘든 건 그때나 지금이나 마찬가지지만
그때는 이미 지나갔고
힘든 것도 기억에만 남아 그렇게 말해요
지금도 언젠가는 그때가 되겠죠
힘든 기억도 그때가 되어
지금보다 좋았다 하겠죠
어차피 좋았다고 말할 거라면
지금부터 좋다고 해요
힘든 것은 힘든 대로 지나갈 테니
갈 길이 아직 멀고 길이 험해도
지나간 세월이 아깝지 않게
지금이 제일 좋은 때라고 해요
지나고 보면 다 좋은 때가 지금이라고 해요

딸꾹질

거짓말을 하면 딸꾹질이 났다
심하면 목도 아팠다
숨이 막히도록 뛰어야 딸꾹질이 멈췄다
뛰어봤자 부처님 손바닥 같은 세상에서
매번 들통나는 거짓말이 너무 싫었다

거짓말 못 하는 사람 취급받으니
침묵하는 삶을 의심받지는 않았으나
믿을 만한 사람은 못 되었고
착한 사람은 더더욱 못 되었다
그렇게 생각하고 사니 딸꾹질이 사라졌다

아내의 봉투

아내의 가방엔 늘 봉투가 들어 있다
자신의 마음을 소중히 담아
누군가에게 전하기 위한 봉투이다
작은 힘이나마 보태고 싶은 마음에
대부분 얼마간의 돈이 담겨 있었지만
때때로 손 글씨 편지가 들어 있기도 했다

아내가 가방에서 봉투를 꺼낼 때면
따뜻한 마음이 수줍은 미소와 함께 나와
내민 손을 곱게 물들어주었고
받는 손길도 고맙고 아름답게 빛났다
봉투가 이토록 격식 있는
마음의 일부일 줄은 예전엔 미처 몰랐다

조강 물참

누가 저 강에다 선을 그어 강물을 갈라놓았나
강물이 물길을 거역하여 선을 그었을 리 만무하고
선이라고 띄워놓은 부표마저 떠내려가기 일쑤인데
조강 물참 물때가 만든 물길도 모르면서
누가 제멋대로 선을 그어 이 땅을 갈라놓았나

밀물 때는 염하와 한강이 조강에서 하나 되고
썰물 때는 임진강과 한강이 조강에서 하나 되는 물참
물길이 수만 번 바뀌고 물살이 수천 번 뒤집혀도
조강에 그어진 선을 거둬내지 못함은
냉전이라는 망령이 여전히 떠다니고 있기 때문이다

고려 시대 선비 백원항도 조강을 건너지 못하고
앞사람이 건너기 전 뒷사람이 또 왔다고
언덕 저편 세상일은 언제 끝나려나 저어했는데
한강과 임진강 예성강이 물참으로 하나 되는 조강은
예나 지금이나 갈라진 세상을 품고 흐른다

인생 재발급

유효기간이 만료된 여권을 갱신하면서
낡은 주민등록증과 운전면허증도 재발급받았다
모두 최근에 찍은 같은 증명사진을 붙여
현재의 모습으로 정체성과 주체성을 통일시켰다
천공 처리된 옛 여권은 돌려받았지만
옛 주민증과 면허증은 기관에서 폐기한다고 했다

새로 발급받은 여권과 신분증은
적어도 10년 동안 나의 존재를 증명해줄 것이다
190여 나라가 비자 없이도 나를 맞아줄 것이며
50여 나라에서는 운전도 허락할 것이다
이 땅에 사는 동안 내 삶의 주인공 행세를 하다가
죽은 후에는 서랍 속 유품으로 남게 될 것이다

여권과 신분증이 새것으로 바뀌니
새사람이 된 것처럼 몸과 마음이 정숙해지고
10년은 젊어진 것 같아 가슴이 설레었다
누가 보자고 하지도 않는데 자꾸 꺼내 보며
현재의 모습에 흐뭇한 미소를 보냈다
인생을 통째로 재발급받은 기분이었다

책을 사면

어느 시인이 말했다
책을 사면 책 읽을 시간도 함께 사는 거라고
시간을 산다는 발상에 무릎을 쳤다
책을 보는 안목이 저마다 달라서
같은 책을 사도 함께 산 시간이 같지는 않겠지만
사람은 책을 만들고 책은 사람을 만든다고 하니
행여 사람을 만들 책이라도 샀다면
여생을 다 산 것이나 다름없다
아무런 흔적을 남기지 않는 역사가 없는 것처럼
함께 산 시간의 흔적이 쌓이고 쌓여
자신도 모르게 그만큼의 시간을 더 살게 할 테니까

타자 지향의 깨어 있는 시선들

정연수

스토아학파는 운율 외에도 '지혜로운 사고'를 시의 미적 형식으로 보았다. 이를 계승한 호라티우스는 시가 즐거움과 유용성을 지녀야 한다고 여겼다. 즐거움과 유용성에 대한 해석은 다양할 수 있으나 고대-중세-근대 미학을 거쳐 오늘에 이르기까지 시적 미학의 본질은 크게 달라지지 않았다. 심리학이 강화되는 오늘날엔 시의 치유 효능에 관한 연구도 활발한데, 마음에 위안을 주는 시의 가치는 즐거움과 유용성의 합치점으로도 볼 수 있겠다. 윤기묵의 시에서는 자본주의와 문명이 빚은 파편화된 개인들을 치유하는 대안의 본질을 담고 있다. 시집 『촛불 하나가 등대처럼』에 수록한 작품들은 '사람-사람이 이루는 사회', '시간-시간이 빚은 역사', '장소-사회의 구체적 역동성을 지닌 장소성'을 근간으로 한다. 다양한 시적 모티프가 '사람-시간-장소'를 용해하면서 타자 윤리학의 휴머니즘을 지향한다.

> 지리산을 종주해본 사람은 안다
> 산에서 사람을 만나면 얼마나 반가운지를
> 말을 안 해도 서로가 어디를 향해 걷고 있는지를
> 어디서 쉬고 어느 산장에서 잠을 청하는지를
>
> 묻지도 않았는데 이제 거의 다 왔다고 말하는 이유를
> 그 말을 믿지 않으면서도 왜 그리 고마운지를
> 각자 제 갈 길 가는데
> 서로가 함께 온 일행처럼 느껴지는지를
> …(중략)…
> 살면서 이제 거의 다 왔다는 말이 자꾸 생각나
> 이 막막한 코로나 시대에
> 얼마나 큰 위안이 되고 있는지를
>
> ― 「이제 거의 다 왔다」 부분

'사람-시간-장소'를 근간으로 하는 휴머니즘 요소를 잘 보여주는 작품이다. 지리산을 종주하는 사람, 출발지에서 산의 정상 혹은 그 너머의 목적지를 향하여 흐르는 시간, 지리산 혹은 육체적 한계를 넘어서는 구체적 장소가 등장한다. 이 과정에서 드러나는 것은 타자를 배려하는 마음들이다. "이제 거의 다 왔다"는 말에는 고통받는 타자가 가장 필요로 하는 위로가 담겨 있고, 목적지의 결과를 알 수 없는 불안한 타자에게 믿음

을 주는 낙관성이 담겨 있고, "각자 제 갈 길 가는" 낯선 타자에게 말문을 먼저 여는 따뜻한 마음이 있다.

타자의 철학자로 널리 알려진 레비나스는 『전체성과 무한』에서 "평화는 자아로부터 출발하여 타자로 나아가는 관계 속에, 욕망과 선함 속에 있다"고 했다. 동일자보다 타자를 우위에 둔 레비나스는 '타자의 욕망을 욕망하기 때문에 밖의 세계는 무한성을 지니고 있다'고 보았다. 경제 논리를 앞세운 신자유주의 확장 속에 개인주의를 당연시하는 오늘날 타자를 우선하는 시선은 그 자체로 숭고한 것이다. 하이데거가 현존재를 통해 타자와의 관계 속에 동일자를 중심에 두었다면, 레비나스는 타자를 우선하여 지향하고 있다. 하이데거가 동일자와 타자의 관계를 '세계 내 존재'의 상호작용으로 파악했다면, 레비나스는 동일자와 분리될 수밖에 없는 타자를 우대할 것을 주문한 것이다. 윤기묵의 시에 드러난 존재는 레비나스가 지향한 타자 윤리학을 기반으로 한다. "밥이 하늘이고 밥집이 천국이므로/교회 안 가셔도 늘 천국에 사시는 거라 했더니/천국의 서비스라며 얼른 계란프라이 부쳐주신다"(「천국의 서비스」)라는 에피소드가 그런 지향점을 잘 보여준다. 손님은 식당 주인과 또 다른 손님을 배려하는 말을 건네고, 식당 주인은 선량한 말을 건넨 손님을 위해 달걀부침을 서비스하는 실천적 행동까지 이어지고 있다.

꿈속에서 아내가 소릴 지른다

…(중략)…

깨울까 망설이다 어깨만 토닥인다
잠에서 깨면 헤어지는 꿈에서도 깨겠지만
다시는 꿈에서조차 만날 수 없는 사람이 있어
엄마가 된 딸이 세상 그리운 엄마를 부른다

그 사람과 더 오래 이별하는 꿈을 꾸라고
밤새 이별해도 부족한 그런 꿈을 꾸라고
가만히 이불을 덮어준다 어둠 속에서
꿈길을 더듬어 늘 내가 서 있던 그곳에서
아내를 기다린다 밤새 이별을 해도
그곳엔 언제나 내가 있으니

―「가을 아침」 부분

　　타자 지향성은 아내의 잠을 깨우지 않는 일화를 다룬 시에서
도 등장한다. 아내가 어머니에 대한 애틋한 그리움을 품고 꿈에
서까지 그리움을 확장하는데, 남편은 아내가 잠결에서 느끼는
마음까지 헤아리는 심연이 있다. 레비나스가 말한 '타자의 욕망
을 욕망하는' 지향점을 보여준다. 아내의 그리움과 그걸 헤아리
는 남편의 마음이 교차하면서 잔잔한 감동을 주는 작품이다.
　　「가을 아침」이 함께 사는 아내의 마음을 읽는 것이라면, 「편
지」에 이르러서는 생면부지의 한 낯선 사내의 마음을 읽는다.
"어떤 이는 추사의 글씨가 그림 같다고 하고/어떤 이는 글씨에
정치적 코드가 숨어 있다 했지만/내가 보기엔 꾹꾹 눌러쓴 글
씨마다/홀아비의 사무친 외로움이 깊게 배어 있었다"(「편지」)라

는 진술처럼 시인의 시선은 글씨가 아니라 글씨를 쓴 사람을 향하고 있다. 시를 쓰는 시선이 사람으로부터 출발하고, 사람을 담아내는 사상은 타자 윤리학을 기반으로 한다는 것을 확인시켜준다. 추사의 글씨에서 예술이 아니라 '외로운 사람'을 보는 힘 그 자체가 시적 미학을 이룬다.

자신도 힘들게 등산하면서 타자의 힘든 몸을 먼저 헤아리고, 꿈자리에서 어머니가 그리워 몸부림치는 아내의 마음을 헤아리고, 서예에서 글쓴이의 외로운 처지를 헤아리는 시선이 곳곳에 담겨 있다. 이는 사람이 품어야 하는 마음가짐이자, 아름다운 사회를 위해 우리가 실천해야 할 과제이기도 하다. 윤기묵의 시 전편이 감동적인 에피소드이거나 따뜻한 시선으로 전달되는 것은 타자의 마음을 먼저 헤아리는 시선이 있었기에 가능했다. 타자 지향적 시선은 장소와 시간을 결합한 작품에서도 나타난다.

> 곤드레 밥상처럼 으너리 밥상도 가난했다
> 나물밥에 간장 한 술
> 물 한 대접이 전부였다
> 그래도 단종은 나인들을 위해 밥을 남겼다
> 그는 한 밥그릇에 두 술 없는 임금이었다
> 으너리 나물에서 아내의 분내가 난다고 했다
> …(중략)…
> 넋이라도 달래자며 해마다 제사상을 차렸다
> 으너리 밥상 하나면 족한데

간택하듯 정순왕후도 선발했다
두 술 없다는 임금에게 치욕도 이런 치욕이 없었다

—「어수리 나물밥」 부분

단종이라는 역사적 인물을 다룬 작품에서도 타자 윤리학적
시선이 도드라진다. 나물 밥상을 마주한 단종의 고단한 생애
에서 출발하여, 단종이 나인을 생각하여 밥을 남기는 행위에
이르기까지 타자 지향적 사례를 배열했다. 나물에서 아내의
분내를 맡을 정도로 사무친 그리움과 강원도의 말씨로 표현된
'으너리'는 낯선 땅의 귀양살이에 대한 연민으로 확장하면서
휴머니즘적 진정성을 더 강화한다. 끝 연에 등장하는 단종제
의 정순왕후 선발 행사 풍경에서는 '치욕'을 발견하는 시대적
성찰도 함께 담았다. 타자의 마음을 먼저 헤아리는 인문 정신
은 시대의 성찰과 동시에 진행되기 마련이다. 윤기묵의 시에
서 사회 비판적 요소가 드러나는 것은 사람이 살아가는 건강
한 방식을 고민한 사유의 귀결이다.

시집 곳곳에 대사회적 목소리가 담겨 있는데 이 또한, 타자
를 먼저 헤아리는 시선이라는 점을 분명히 하는 장치이다. "역
사는 한 번도 침략자의 손을 들어준 적이 없다/그러니 함부로
빼앗지 말며 함부로 승리하지 말라"(「전쟁은 미친 짓이다」)라든가,
"금고는 본능을 가두는 곳이 아니라/욕망을 소중하게 보관하
는 곳/잠시 앉았다 가도 자존감이 이자로 붙는다"(「금고」)는 단
언적 진술은 폭력과 자본이 빚어내는 시대에 대한 비판을 함

께 담고 있다. 사람을 시의 중심에 놓으면서, 사람이 곧 사회라는 인식이 기저에 깔려 있다. 이어서 역사적이고 사회적인 통찰을 통해 타자 지향의 휴머니티를 완성하여간다.

> 우리도 은연중에 장읍하며 산다
> 보는 관점과 안목이 눈높이가 되어
> 삶이 그 수준에 도달할 때까지
> 자본을 향해
> 자본이 만든 세상을 향해
> 허리를 굽히고 고개를 숙이며 산다
>
> 사람에게 충성하지 않는다면서도
> 권력을 차지하기 위해
> 장읍하는 사람을 보았다
> 국민의 눈높이에 맞추겠다고 했다
> 미안하지만 우리도
> 사람에게는 복종하지 않는다
>
> ―「눈높이」 부분

자본이 빚은 시대적 모순과 권력에만 눈이 멀어 사람을 멀리한 정치인에게 통렬한 비판을 가한다. "사람에게 충성하지 않는다면서도/권력을 차지하기 위해/장읍하는 사람"은 오늘날의 정치 현실을 비판한 것이지만, 그런 사람은 이전에도 있었고 앞으로도 있을 것이다. 깨어 있는 정신으로 시대를 통찰하지 않으면, 사람의 눈높이는 평등이 아니라 비굴한 '장읍'의 자세에 머물 것이다.

윤기묵의 시는 역사적 사건을 오늘의 삶 속에 살려내어 '과거-현재'를 동일선상에 묶는 특징을 지닌다. 시간의 연속성이 빚은 역사를 인식한다는 것은 오늘의 바른 삶을 추구하려는 깨어 있는 정신이기도 하다. 「왕릉뷰 아파트」에서는 조선 시대와 현재의 삶을 유사 에피소드로 다룬다. 인조가 왕릉을 조성하느라 주변의 무덤을 파묘한 조선 시대의 사례를 검단 신도시 장릉 주변 아파트 입주민이 미숙한 행정 때문에 쫓겨나는 오늘날의 현실과 비추어 살핀다. "온 동네를 당집으로 만든 그 시대를 연상케 한다/왕릉 때문에 백성들이 쫓겨 다니는 일은/전통 시대 암군 하나로 족하지 않은가"(「왕릉뷰 아파트」)라는 언술에서는 판박이로 닮은 '과거-현재'의 서사를 통해 역사의 쓸모를 생각하게 한다.

> 어금니를 악물고 살아온 삶과
> 이를 갈며 견뎌온 세월을 들킨 것 같아
> 아들뻘 젊은 의사 앞에서 민망하기만 한데
> 그는 알까 세상의 아버지들은 다 그렇다는 걸
> 그렇게 참고 견딘 세월이 헛되지 않았기에
> 우리가 서로에게 필요한 사람 되어 만났다는 걸
> ―「발치보단 존치 치과」 부분

과거와 현재를 동일선상에서 관통시키는 힘은 아들뻘 의사와 만나는 환자의 상황에서도 드러난다. "이를 갈며 견뎌온 세월"이라는 과거의 시간은 "우리가 서로에게 필요한 사람 되어 만났다"는 현재의 시간과 결합한다. 이 결합을 이끄는 힘은 휴머니즘이다. 이 악물고 살아온 삶 속에도 사람이 있었고, 젊은 의사와 만나는 환자도 서로에게 필요한 사람이라는 타자 지향의 휴머니즘이 담긴 것이다. 발치와 존치 사이의 갈등을 해소하는 힘, 악물고 살던 과거가 헛되지 않은 현재가 되는 힘은 "서로에게 필요한 사람"이 먼저 되어주는 타자 윤리학을 바탕으로 한다.

이번 시집에는 사람의 마음을 먼저 읽는 온기, 사람 사이의 관계를 잇는 힘, 사람이 이루는 사회의 본질 등이 다양한 이야기를 통해 전개되고 있다. "그래도 당신 손만은 꼭 잡아주고 싶어/나의 악력은 그 손 놓지 않는 힘이라 하겠네"(「악력」) 같은 말랑말랑한 감성은 사람의 마음을 잡으려는 손의 힘이다. 타자를 향하는 악력은 이인칭 '당신'에서 삼인칭으로 확대하여 사회를 이루면서 타자 윤리학의 길은 확장된다. "부치는 사람이 행복해야 빗소리처럼 들린다고/남편은 빙그레 웃으며 고개를 끄덕였다/빈대떡을 뒤집어가며 부치듯 세상도/자주 뒤집어야 골고루 행복한 세상 되겠다"(「빈대떡」)라는 일상의 고백을 보면, 윤기묵이 지향하는 세상이 어떤 곳인지 선명하게 드러난다. '골고루 행복한 세상'을 위해 타자 지향의 마음이 생기고, "낮은 곳으로 흐르는 물길만이/다 같이 살길임을 알고 있었다"(「내가 된다는 것」)처럼 아래로 흐르는 물길의 실천이 나오는 것이다.

춘천에 이른 물은 봄내가 되었다
홍천까지 뻗은 물은 너르내가 되었고
병천에 하나 둘 모인 물은 아우내가 되었다
내(川)가 되었다는 것은 마침내
길이 되었다는 것이다

살길도 빗물이 내었다
길을 낸 물이라 하여 냇물이라 불렀다
냇가에 모여
냇물보다 더 낮은 몸짓으로 살았다
저도 모르게 내가 된 사람도 있었다

　　　　　　　　　　　　　　—「내가 된다는 것」 부분

흘러야 강물이다
낮은 곳에서
자기보다 더 낮은 곳으로
흐르는 강물을 보아라
강물 속으로 또 다른 강이 흐를 때
더 낮은 곳으로 흐르는 강물이
세상의 강물 되리니

　　　　　　　　　　　　　　—「강물 되어 강물이 되어」 부분

　인용한 두 편의 시 모두 낮은 곳으로 흐르는 삶의 중요성을
강조한다. 「내가 된다는 것」에서는 "하나 둘 모인 물"과 같은
어울림, "냇물보다 더 낮은 몸짓"을 통한 겸양과 타자 지향의
삶을 강조한다. 시의 제목으로도 반영한 "내가 된다는 것"은 낮

은 곳에서 만난 물길로서의 '내(川)'와 타자를 나 자신보다 우선 지향하면서 나와 타자의 경계를 허문 '내(self)'를 중층적으로 읽는 것도 가능하다. 「강물 되어 강물이 되어」에서는 삶이란 끊임없이 낮은 곳으로 흘러야 하며, 그 방식은 "자기보다 더 낮은 곳으로/흐르는 강물"과 같을 것을 주문한다. 타자의 얼굴은 벌거벗고, 궁핍한 상태이므로 더 환대해야 한다고 레비나스가 주문한 방식과 같다. 더 낮은 곳으로 흘러갈 수 있을 때, 타자를 환대할 자세가 갖춰진다. 윤기묵이 추구하는 낮은 곳으로 가는 물길이야말로, 오늘날의 시대가 요구하는 인문학 정신이라 하겠다.

"한강과 임진강 예성강이 물참으로 하나 되는 조강은/예나 지금이나 갈라진 세상을 품고 흐른다"(「조강 물참」)는 구절에서처럼 물길은 갈등과 반목까지 화합으로 이끈다. 물은 흐르는 유동성과 낮은 자리로의 방향성을 통해 사람이 살아가는 사회의 조화를 이루는 기제로 작용한다. 어울리는 물, 낮은 길로 향하는 물, "갈라진 세상을 품고" 흐르는 물로 작동하면서 타자 윤리학을 완성한다. 「빈대떡」이 뒤바뀌는 평등의 세상을 강조했다면, 「조강 물참」은 양극으로 갈라진 세상을 조화롭게 품는 지혜를 강조하고 있다. 윤기묵의 물길은 휴머니즘을 근간으로 하는 사람의 도리이자 윤리적 흐름이며, 시간의 세월이며, 장소의 뿌리이기도 하다.

"독야청청하게 이 터를 새기고 있었다"(「소나무」)는 구절에서처럼 고향집을 찾으려는 뿌리 의식은 윤기묵이 천착하는 역사의식과 무관하지 않다. "고구려 음식도 모르고 술맛도 모르지만/먀오족과 몽족이 고구려 유민일 가능성이 높다기에/그들의 밥과 술을 조상의 음식인 양 챙겨 먹었다"(「역사의 쓸모」)는 고백 역시 역사의식의 단면을 보여준다. 시간의 복합체인 역사를 중시하고 역사적 사건을 환기하는 것은 '사람-시간-장소'의 궤적 속에 삶의 지혜가 있다고 본 것이다. "흔적도 없이 사라지면 사막이 되고/세월이 지나갈 길이라도 남겨놓으면/그 길을 따라 분명히 누군가 온다/이천 년을 맨발로 걸어온/세월의 발자국 따라/당신이 온 것처럼"(「누군가 온다」)이라는 구절은 역사가 오늘의 삶에 미치는 영향을 시적 감성적으로 잘 풀어냈다.

> 단종이 잠들어 있는 영월에는
> 뼝대라 부르는 수직 바위 절벽이 있다
> 동강이 만든 천 길 낭떠러지이다
>
> 이 뼝대는
> 왕위를 빼앗기고 영월로 유배 와서
> 목숨마저 빼앗긴 단종의 시신이 버려진 곳이다
> 소식을 들은 궁노, 궁녀, 시종들이
> 뒤따라서 몸을 던져 순사(殉死)한 곳이다
>
> 사람들은 이 뼝대를 낙화암이라 불렀다
> 백마강 낙화암만큼 유명하지는 않지만
> 치마를 뒤집어쓰고 몸을 던진 비극은 같았다
> …(중략)…

나라가 어지러우면 세상은 뺑대가 된다
사방천지 어디서 누가 떨어질지 모르는
낙화암이 된다

— 「뺑대」 부분

　백제와 조선의 시간을 현재로 불러낸 생동감 있는 역사의식
이 영월의 구체적 장소성 속에서 작동하고 있다. 과거의 역사
를 오늘의 깨어 있는 시정신과 결합하여 대사회적 발언으로
전환하고 있다. 뺑대와 낙화암에 얽힌 사건은 "나라가 어지러
우면 세상은 뺑대가 된다/사방천지 어디서 누가 떨어질지 모
르는/낙화암이 된다"라면서 오늘의 시국을 성찰하게 한다. 역
사는 깨어 있는 시선과 만날 때 삶이 바른 방향을 모색하도록
돕는다. 사람이 살아가는 사회―시간이 빚은 역사―휴머니즘
에 기반을 둔 사상이 어우러지면서 뺑대에서 낙화하는 비극을
통찰하고 있다.
　정선에서 양조장을 운영하는 시인은 "폐광촌에서 맥주를 캐
며 살고 있다"고 말하곤 하는데, 이번 시집에 수록된 시 상당수
는 그처럼 에피소드가 구체적 장소를 통해 서술되고 있다. '정
선―폐광촌―맥주―캐다'의 어휘가 하나의 물길을 이루면서 발
효한다. 정선 혹은 폐광촌이라는 장소의 구체성과 '폐광촌(석
탄)―캐다' 혹은 '맥주―캐다(발효)'의 감성적 에피소드를 통해 상
상을 확장한다. "아무리 천년 가람의 약수가 달고 시원해도/이
맥주의 청량감과 목 넘김만 하겠느냐며/중이나 중생이나 먹고

마시는 일이/수행 중 으뜸이라 하셨다"(「수행 소믈리에」)는 시편은 양조장에 찾아온 스님과의 에피소드를 다룬다. 맥주 이야기에서 수행으로 나아가는 수행 발효, 수행 소믈리에는 일상에서 삶의 지혜를 찾는 과정이기도 하다. 맥주의 발효―삶의 수행 ―보편적 인문정신―타자 윤리학 등의 오브제가 "말끔히 발효되는 수행을 할 수 있도록" 맛있게 익어가는 것이다.

> 국화는 한참을 추암에 머물다 먼 바다로 흘러갔다
> 촛대바위에 작은 촛불 하나가 등대처럼 켜 있었다
>
> ―「추암」 부분

> 태백선과 함백선 화차가 지나는 예미역에는
> 피난선 철길의 흔적이 남아 있다
> 조동역에서 급경사 내리막길을 달려온 화차가
> 브레이크 제동력으로 정차하지 못하면
> 역을 지나 예미산으로 올라가도록 만든 철길인데
> 가속도가 해소된 화차는 안전하게 정차했지만
> 석탄을 가득 실은 화차는 간혹 산중에 처박혔다
>
> 굉음에 놀란 동네 사람들은 사고 현장으로 달려가서
> 사방에 널브러진 석탄을 잽싸게 주워 담았는데
> 반은 자기 집에 숨겼고
> 반은 화차에 실어 주변을 정리했다
> 역무원들은 주변 정리 품셈으로 도둑질을 묵인했지만
> 화주인 광업소는 절도범 색출에 열을 올렸다
>
> ―「피난선」 부분

「추암」은 시집의 제목을 품은 작품으로 동해시의 추암 촛대바위를 배경으로 한다. "능파대 촛대바위 근처에서/딸 둘이 엄마와 사진을 찍었다/살아서 마지막으로 함께 찍은" 사진에 얽힌 에피소드와 촛대바위의 지역성을 함께 녹여냈다. 그리움을 담은 촛불의 이미지와 일출 장소로 알려진 동해 촛대바위가 융합하면서 재장소화를 이룬 작품이다.

「피난선」은 탄광촌 정선의 산악지대 지형에서 생긴 "우리 동네의 슬픈 전설"을 시로 기록한 작품이다. 민간에 전하는 얘기를 기록하여 지역사이자 탄광 풍속사로 승화시키는 작업에 문학이 참여하는 소중한 기록 작업이기도 하다. 이번 시집에는 정선·영월·동해 등의 장소성을 다룬 「만항재」, 「피난선」, 「어수리 나물밥」, 「뼝대」, 「어떤 위로」, 「추암」 등의 작품이 지역 정체성을 구체적으로 녹여냈다. "외로운 정선 밤하늘에 폭죽이 터졌다"(「어떤 위로」)는 구절처럼 지역의 속살을 재발견하는 장소성이 선명한 작품들은 지역문학의 소중한 연구 자료로 회자할 것이다.

타자 지향성의 작품을 중심으로 살펴보긴 했으나 윤기묵이 품은 사유의 다양성은 더 깊고 넓다. "더 이상 물러설 곳이 없는 사람들은/뒤를 돌아다보지 않는다/하늘을 본다/하늘의 푸르름과 눈부심을 본다"(「하늘을 본다」)에서는 낙관적 사유 방식도 드러나고, "누구나 마음속에/참선 중인 스님 한 분 계신다/모시고 살면서/가끔 법문을 주고받는다"(「바람의 공양」)에서는 공양하듯 수양하면서 살아가는 삶의 자세를 나뭇잎과 바람의 생태

학적 관계 속에서 풀어내기도 했다. 시집 전편이 깨어 있는 시대정신을 견지한 점은 무엇보다 큰 가치이다. "젊은 날의 분노가 부끄럽지 않기 때문이다/죽비처럼 아직도 나를 깨우고 있기 때문이다"(『금연 단상』)는 구절이 그렇고, "상갓집 술도 마시면 취할진대 넥타이만큼은 풀지 않았다/가신 분을 생각하면 풀기는커녕 더 옥죄어야 했다"(『넥타이』)는 구절이 그렇다. 사람을 생각하는 마음, 깨어 있는 정신을 지키는 꼿꼿함은 넥타이를 옥죄는 자세를 통해 확인된다. 깨어 있는 정신은 사람이 살아야 할 물길의 방향을 제시하고, 역사를 통해 오늘의 모순을 성찰하도록 이끈다. "먼지도 자기 삶의 무게가 있어 쌓인다"(『무게』)는 통찰만으로도 시의 미학은 빛난다. "행여 사람을 만들 책이라도 샀다면/여생을 다 산 것이나 다름없다"(『책을 사면』)는데, 이 시집은 삶의 지혜를 얻는 선물이 될 것이다.

鄭然壽 | 시인 · 문학박사